수다의 정석

형상시인선 14

수다의 정석

권분자 두 번째 시집

북랜드

自序

새로 돋은 줄기와 잎에게서
경쟁처럼 들썩들썩
이루어야 할 꿈을 꾸는 계절
저 웃자란 나뭇가지
최고의 권력자, 영화배우, 간부, 사장이
커다란 가위에 싹둑, 전지되고 있다

뚱뚱하고 촌스럽거나 평범해도
너무 평범해서 잘릴 게 없는
나는 참 다행이다

– 시 「나무의 전지」 전문

차례

2부

3부

4부

1부

달

진물 덩어리다
귀 기울이면
앓는 소리다
한때 젖 냄새 고소하던
어머니 몸이다
앉아서 둥글어진 세월
홀로 견딘 시간
참 길었다
직립을 허문
당신의 몸이
바닥에 닿아
흐른다

가면

낯설음도 가볍게 느껴지는
아침마다 만나는 새로운 뉴스에
저녁마다 미치지 못하는 내가
연고 들고 상처를 더듬는다

마주 보는 사람의 앞면이
쓸쓸하게 느껴지는 순간
믿음을 걸어보는 뒷면은
희망의 근사치에 얼마나 닿을까

밀고 밀리는 수많은 인파 중에
새로운 얼굴은 어디에도 없고
아주 잠깐이라도 기대고 싶은
신전의 기둥도 없다

어색하지만 따뜻한 건 정류장 의자
가면의 얼굴 앉았다 일어선
얼마간의 체온을 붙잡아 둔다

또 다른 생각들

한 생각을 둘로 나누어 놓은 것처럼 구름다리는
복잡한 머리와 한가한 팔다리로
강물을 가로질렀다

인파 복작거리는 동촌 유원지를 피해
반대편으로 이어진 구름다리

움푹 꺼진 지대에도 등 돌리고 앉은 집들
삐딱한 간판을 걸고 허물어진 여관은
왜 하릴없이 서 있는 조형물 같을까

한때 저곳에서 잉태한 씨들은 얼마나 될까

복닥거리며 발아한 풀씨들 허공으로 뻗는 팔
노인의 뼈에서 푸른 피돌기를 하듯
강물을 사이에 두고 어색한 풍경이다

유유히 흘러서 나도 어딘가로 간다

그렇게 서로 다른 간격을 좁히려고 놓다 둔

이승의 강물 위에서
나는 구름다리로 서서 잠시
넘어지지 않으려 필사적으로 발목
균형 잡아본다

겨울장미

칼바람이 여자의 뺨을 때린다. 한 대, 두 대, 세 대 양
볼 후려쳐도 비명을 움켜쥘 뿐 질러대지 않는 저 여자는
겨울장미다. 가난 때문에 저지른 죄이니, 가엽다. 지나가
는 구경꾼 이 가여운 여자를 용서해주라는 표정이 여자
에겐 더 견딜 수 없는지, 어금니 악물고 있다. 행여 손찌
검하는 바람이 상처받을까 봐 맘껏 달아나지도 못하는
여자. 자신이 선택하지도 않은 운명에게 화가 치밀어, 제
대로 독 오른 여자. 그런 여자의 입가에서는 피가 뚝뚝
떨어졌다. 경멸의 눈, 비트는 입꼬리 일그러진 여자를 막
무가내 멱살을 잡은 바람의 손목은 문득 이쯤에서 포기
를 결심한다

밤의 도시

불빛 도시의 밤을 내려다보다가
어둠이 불빛을 만나면 두려울 거 같아서
내 상상은 엉뚱한 문을 서슴없이 민다
커다란 건물인 그대에게로 들어간다
시커먼 어둠에 지친 다리를
받아줄 낙원인 그대는
아늑한 불빛, 포근한 의자
따듯한 한 잔의 커피를 마련한다
마음 안으로 초대되지 못하는
문밖 어둠이던 나에게
왁자지껄한 소음 이제 그만
내려놓으라 한다

어둠 보고서

죽음을 향해 다가가는 색깔이
가장 무서운 색깔인 줄 알았는데
한숨이 무덤보다 깊은 건
그대를 놓쳐버린 마음자리다
손에 달라붙는 생각들이
지나치는 역마다 거미줄처럼 퍼져
황당함을 불쑥불쑥 걸어두었다
방치하면 아물 수 있지 않을까
어떤 발아도 가능하다고 믿다가
밤마다 울음이 불어나는 걸 알아버린 나는
눈물 버릴 곳을 찾는다
그러나 봄이어도 초록 잎은 돋아나지 않고
지그시 눌러둔 분노가
흰 버섯으로 튀어나오는 걸 보니
죽은 나뭇가지에 내가 매달려 있었던 거다
아찔해지는 어제의 어둠에게
잘 가라는 작별 인사를
늦었지만 길 위에서 고한다

쓸쓸한 조형물

브론즈로 만들어진 사람
공원 한 귀퉁이에 우두커니 서 있다
생동감 있는 주변 풍경에 아랑곳없이
저 혼자 녹슬고 있다

텅 빈 저 익명의 존재가 서 있는 공간을
들락거리는 바람은 딸들과 간병인
제 몸속인 양 제 아무리 들락거려도
엄마라는 지워지지 않은 이름표를 단 사람은
쓸쓸한 세상의 공원에
고립되어 있다

생과 사의 공간에 놓인 브론즈 엄마는
혼자 헤매다가 헷갈리다가
세상만사 얼마나 외로우면
저리 꼼짝도 않을까

손가락 구부려 두드리는 노크에도
녹아내리는 장기들 속으로 감추려고
잠시도 표정을 바꾸지 않는다

까치집이 비었다

아슬아슬한 나뭇가지 위 205호는
비어있는 노인의 집

지나가는 바람이 그 빈 공간에
죽은 노인의 실화를 바탕으로
하나하나 허구를 채워나간다

욕망, 꿈, 한숨, 허탈함까지 가득 담겨진 둥지 안
상상과 환상과 허구가 혼재되면서
이야기는 실제를 넘어 허공 어딘가에 딱! 걸려
빡빡한 삶도 헐렁해지라는 주문
불러들인 까치는 생전의 노인이 그러했듯
목청이 좋다

허공에 걸린 것들은 왜곡하기에 좋아!
불안정하게 걸린 노인의 이야기를
짧은 순간에 날쌔게 잡아챈 찰나 속에
까치는 글감이 풍부해진 소설가가 된다

빙글빙글

허공을 선회하다가
이제 빈집이 아니라고
한 덩이 배설의 쾌감을 내려놓는다

복현동 달빛

조팝꽃 터지는 허공에서 별을 헤다가
밤마실 나서기로 한다
살랑, 어둠이 내려앉으면
마음 가득 깃든 평화를 서로 나누던
이웃은 어디에도 없으므로
1970년대를 고스란히 품은 골목엘 간다
보신탕, 방앗간, 이용원, 다방을 지나
기웃거린다. 허름한 슈퍼 안을
먼지 쌓인 음료와 라면, 과자 몇 봉지가
무릎 담요를 덮고 '어서 와'
하얗게 웃어준다면 얼마나 정겨울까

보호색

그 장소, 그 가게, 그 사람
못이 있었던 지형은
둥글게 허물어졌고
구멍가게 아주머니는 구멍가게를 닮고
선생님은 학교를 닮아 울타리 같은
외모에서 풍겨 나오는 아 그게
당신들의 보호색이 된다는 걸
난 이제야 알았다
알지 못하는 사이에 순응된
옷, 화장, 머리스타일
결국 나는 어떤 모습일까
못 빠져나간 구멍 빼꼼한
그러고 보니 나의 보호색은
동물이나 곤충들의 모방무늬
배란 후 서서히 몸피를 줄여가는
한 생의 후반부 도처에는
듬성듬성 검버섯 깔려있다

공허

코끼리 한 쌍, 부엉이 한 쌍, 2달러짜리 지폐 한 장,
노호혼 인형 등등

이십여 개가 넘는 나무, 플라스틱, 천, 쇠로 몸을 부여
받은
신들의 형상을 거실 장식장에 모셔둔다

사찰계, 무속계, 천상계, 마음계, 일터계
나를 믿지 않는 사람들은 그들을 미신이라 부르고

복현동, 산격동 일대 후미진 골목을 쏘다니다가
발목 불안해진 나는, 비만의 몸이어도
영양실조로 무너지는 잇몸을 두고
각 나라마다 뒤섞인 수많은 종의 신물들에게
기도가 모자라서 그런 것이라고 믿고 싶어졌다

가끔 장식장 문을 열고 나온 하릴없는 신들은
내 몸 곳곳에 와 스르르 붙는 게 느껴진 뒤
맹목의 삶이 슬픔에 닿아있다는 걸 알았다

순간 즐겁게 사는 비법을 찾아 또 어느 낯선 나라의 신
앙을 찾아
떠나볼까 하는 고민이 깊어졌다

새로 만난 신앙의 삶속에 맛있게 스미기 위해
마음은 벌써 까딱까딱 천상계 어디쯤을 헤맨다

라이플라워

한 다발 꽃 사 들고 찾아온 옛 친구는 어디서 뭐하고
지낼까

1980년대의 슬픔이 천박하다고 통쾌하게 웃어젖히던
친구는
지워버리고 싶은 일을 당당하게 내보이는 솔직함이 돋
보이던 친구는
내 소설에 있는 그대로를 드러내기 좋은 전략

네가 기억하는 그대로를 나도 기억할까?
내가 기억하는 그대로를 너도 기억하니?
우린 어쩜 넌지시 상처를 떠보는 것일지도 모르고
그때를 깔깔거리며 먼지탑이 된 꽃의 다발을 허물고
있었다

종잡을 수 없는 모순투성이 낡은 티셔츠는 친근하게
알록달록 얼룩은 촌스러운 색깔을 주저하지 않는다면서
1980년대 속의 너는 나를 베끼고 나는 너를 베껴 쓴다

>

밝고 강하고 센 꽃다발 속 꽃이라 부르는 그것들은 이
미 바싹 말라가면서

중력 잃은 2017년의 오늘을 물끄러미 내려다보고 있다

또 다른 도시

겨울 도시를 가로지르는 강물 위에서
출렁거리는 아양교는
타작마당 한편에 놓아둔 채다

내가 이 도시를 떠나게 된다면
어느 또 다른 도시가 나를 기다릴까

아양교 위를 구름처럼 걷다가
강물 아래에서 일렁거리는 물밑 도시로의
입수 동작을 이리저리 생각한다

물 안 세상이 물 밖 세상을
지금의 나처럼 탐사하는 내가
쏘아 올리는 차르르 로켓인 양
눈을 올려다보는 물의 눈 속에 있을까

그런 내 눈에 난데없이 든 시베리아
버려진 채 방치된 미르니 다이아몬드 광산
인구 10만 명이 내 깊고 깊은
수정체를 후벼 파는지 따끔거리는 눈

\>

목적인 현실을 두고
허공과 맞닿은 내 호기심이
투명한 유리 속 강물이라니
아직 얼지 않은 가장자리에서
살아 흐르는 유속을 본다

다리 위에서 물속을 보다가 내 눈은
별들이 물 위로 내려오는 시간
가로등 불빛과 별빛 채로 더듬는 엄마가
쭉정이를 가려내고 있다

닭벼슬꽃

속이 텅 빈 가슴뼈를 뽑아
목 아래 몸통을 찌르니
붉은 물 주르르 흐른다

붉은 볏과, 깃털에서
갈수록 나는 왜 없는 유년을
찾아 헤맬까

가장 오래된 뼛조각을 찾아
순수가 다 사라진
내 얼굴을 찔러 볼까

그곳에 내가 살았던 한 때가 있음을
상기된 얼굴로 보여줘 볼까

물렁한 지층에 병아리들을 불러
한바탕 찍는 발자국이
꽃의 유전자임을
붉은 문양으로 남겨볼까

아날로그는 보수가 가능하다

어머니를 침대에 앉혀 놓아도
삐딱하게 몸 자꾸 기울어진다

오랜 세월이 한쪽으로 쌓여
당당히 살아낸 이야기가 내뿜는
아우라는
폭삭은 쉽게 내려앉을 수 없어
보수를 기다리느라
한쪽으로 기우는 것

급변하는 세상이어도 한자리만 지켜온 어머니
품의 향수는 신비롭다

백 년의 유적을 견뎌내느라
낡아진 곳 켜켜이 부품이 교체되는 희비극

참 다행이다, 아날로그인 어머니
또 다른 보수를 기다리며
기울고 있다

아양찻집에서

잔디로 지붕 이은 여러 구의 고분이
엎어놓은 찻사발로 보이는
아양찻집 앞마당에서
보리싹 비벼 만든 설아차를
입술 시린 자매가 나누어 마신다

그 누구도 함부로 침범하지 못할
침묵으로 덮인 고분을
말없이 함께 바라보는 것인 만큼
서로의 숨겨진 속내를
너와 나는 끝내 이해하지 못하였구나

네가 백白이고 내가 흑黑이어도
지하로 깊이 박힌 유전자
기둥뿌리 맛이 어쩌면 닮았을 자매
보여지는 외형에만 이리저리 마음 휩쓸리다가
무디어진 아양의 낯빛 마주하고
이제야 파랗다

많은 말은 오가지 않았어도

눈에 내재된 무언가가 혀끝을 건드려
함께 씁쓸해지는 맛
봄이 밀어올린 싹의 향기다

로봇처럼 꿈꾸다

번쩍거리는 불빛 도시를
타워에서 내려다보다가
우두커니 서 있는 외투의 건물들이
저마다 명품상표를 붙인 걸 보았다

명문세가, 이다음, 푸르지오
내 눈동자가 흔들릴 때마다
빠르게 움직이는 수많은 로봇 같은 이름들

살아있는 동작에 가장 가깝게
죽은 동물을 방부처리 해
건축업자는 박제로 세워두었다

이러한 건물의 도시는 로봇이 필요하다

건물 안을 드나드는
일개미 몸짓의 로봇인 나는
별 조각으로 찰칵찰칵, 기계를 작동시킨다

어깨 너머로 소멸하는 하루를

골목 안쪽으로 자꾸만 들여보내고
멋 부려 껴입은 명품에게도
멋진 바람 뿔을 가졌다고
엄지를 세워준다

여기저기에 부딪치며 끌리는
가냘픈 뼈마디의 신음이
도시에 가득하다

분주원 경매장

후미진 곳에서 호명된 내가 값으로 매겨지는 장소다

호젓하게 집안에서 좀 쉬고 있었을 뿐인데
108년 옛 이름이 녹슬어도 절대 변하지 않은 바퀴벌레와
198년 동안 남의 부인을 짝사랑했던 비애를
경매사는 거짓말처럼 이야기했다
형광등 불빛 아래서 죽어있던 사랑과
하루 종일 낡은 손가락뼈가 긁어대던 방바닥이
묵화의 산수에 얼룩으로 번진다

마침내 분주원 와서
돌꽃이 피운 백 년의 고독을 위로하며
오래 갇힌 우울과 나누는 인사

지독한 어둠 감옥에 머물던 시간이
노을병을 앓는다

2부

장미 1

　호적 나이 몇 살 더 올리면서까지 우리 곁을 떠난 미화
가 5월 담벼락에 돌아왔다. 코쟁이 서양남자가 사 입힌
초록 원피스를 입고 어린 소녀 미화가 왔다. 우리가 알지
못하는 나라 어느 골목을 미궁처럼 떠돌다가 온 것이다.
그녀가 들려주는 이야기에는 여려가지 에피소드와 난무
하는 추측 야생의 마법에 걸렸을 미화는 우리가 캐묻는
진실이 불편할 뿐, 과감한 그녀 행동의 붉은 의지는 번번
이 나를 시들지 않게 했다

장미 2

　유랑자의 거리가 좋다. 화려함이 좋다. 자신이 소박하다고 믿는 사람들이 나를 부러워하지. 발이 이끄는 대로 고층 빌딩 사이를 미끄러지듯 빠져나가 골목을 돌아다니고 주변을 돌아보며 쉬고 싶을 땐 언제든 거리에 앉아 쉬는 나를 네온사인 간판이 본다. 지나가는 거의 대부분의 사람들이 본다. 마치 영화 속 주인공인 듯 착각에 빠져 영화보다 더 영화 같은 날 나는 옷을 벗는다. 좋아서, 외로워서, 슬퍼서 에로영화를 찍는다. 입 다물고 지나는 사람들에게 미소 대신 붉은 립스틱 덧바른다

장미 3

둘둘 말아 쥔 손이 펴진다
붉은 글자를 읽는 충혈의 눈길들

첫 울음, 첫 소망, 말아 쥔 어머니의 손과 어이없게도
대소변 수발하는 자매의 손은 놀랍게도 닮아있다. 오래
버텨내는 인내도 닮아있다. 숱한 이야기를 가둔 왜곡의
입술은 바람 따라 연신 썰룩거린다. 제멋대로의 신경질과
의사도 짚어내지 못한 죽음에 대한 불신들 꽃으로 피었
다. 폐허로 전락하기 전 이리저리 방황한 어머니 몸의 흔
적이 담장에 걸렸다. 초월한 존재의 출현 그 불길한 조짐
을 누군가의 눈길이 이리저리 살피고 간다

홀린 듯 쓰여진
13월의 난폭한 이야기도
입술로 꼭꼭 찍고 있다

장미 4

미궁의 입구를 지나면
그 누구도 들어가 본 적 없는
붉은 입술의 내부다

기어코 빨려 들게 하는 마법
들어오라, 들어오라는 주문이 들린다

온갖 억측에 휘말려 목숨을 잃을 뻔한
송곳니 병마의 자국보다 더 큰 슬픔은
몸 군데군데 든 피멍이다

비밀들은 왜 둥글게 뚫린 채
왜 무시무시한 노인의 슬픔을 닮은 걸까

깊고 깊은 지하에서 담벼락으로
뻗친 손
무덤덤함에 겹쳐진 난해함이
피운 꽃
담벼락에 전시되고 있다

혹독의 맛

처마 끝 고드름 뚝뚝
링거액이 되어 내 몸 구석구석을 차갑게 돈다

제맛의 겨울은
동치미 국물에 미련을 둔
숱한 여자들의 하소연

동치미 잘 담근다는 손맛의 가문은
인공조미료 뿌리는 의사들을 키웠다
이미 적당한 인스턴트 조미료 맛에 내 입은 길들여졌
는데
혹독함이 슬픈 진짜 겨울 맛임을
어찌 감내할 수 있을까

손발 꽁꽁 얼어붙게 한 노환의 수발
서리 낀 창문에 통해 슬쩍 끼어든
햇살 맛을 알아본 엄마가
피시식 웃는다

내가 잘 담근 동치미라도 되는 듯

겨울 플라타너스

치매노인 길 잃은 마른 얼굴이
캄캄한 하늘 전단지로 나붙어 있다

희망처럼 가지 사이 전깃줄은 지나갔고
흔적만 모아둔 빈집, 아무도 발들이지 않은
그 기억으로 간절히 돌아가고 싶은 노인
사진처럼 정지된 시간에서
되찾으려는 기력

먼지 뒤집어쓴 세간들은 이제 정리할 때가 되었다

불안하게 움직이는 영상들은 늘 허공에 있어
그리워하는 것들을 손바닥으로 가리던 나무
기억 속으로 사라진 티브이 모니터들이 일시에 켜지듯
빈집을 찾아온 바람 소리는 윙윙
하늘을 올려다보는 목울대에 걸린다

누군가 가고 오는 길목도 허공에 있다고
언제나 가냘픈 별빛

함박눈 사연

중병 들어 무거워진
하늘의 몸에서
등판 뚫고 호스 꽂아 빼낸 물이
얼어서 허공을 내려오다가
따뜻한 눈으로 부서진다

꼬장꼬장 말라가는 어머니
등판에서 솟구친 앙상한 날개에
몸 가벼워진 땅은
추위 몰래 파란 싹을 틔운다

허공이 남긴 몸짓에다가
피오줌 요강을 부어주어도
온통 펄럭이는 함박눈
지린내 속 무거워 오르지 못하는 눈은
낮은 곳의 물로 돌아간다

무표정하게 깨진 가족사를
말라있는 풀들은 더 이상 말하고 싶지 않아서
실쩍만 건드려도 아픈 상처에

나름의 바람연고를 바른다

92년간 겪었던 사연들
남은 건 썰렁함 일뿐이야
십오 분간의 면회로 정리된다

먼저 태어나 먼저 망가지는 날개의 유약함을
웅크리고 앉아 지켜보다가
내가 도모하는 후생은
소리 없이 녹기로 한다

겨울 단풍나무

무수한 공중을 걸어온 발들이
오목한 그릇 낮달에 담긴다
205호, 206호, 102호에 들어
차가운 맨살을 부빈다

해서 몇 날 며칠, 혼자 앓은 병이
순간, 낳았는가 했는데
그때 비상벨이 울리고 말았다

결국 피난처를 찾지 못한 205호는
중환자 차가운 병실
골짜기에 눈 시트 위에 누웠다

공중 밟던 발들 사이에서
졸졸졸 흘러드는 링거에 발갛다

발톱 한껏 오그리고 삭아가는 집
집 나온 발들이 돌아가고 싶은 집
문이 잠겨 버릴까, 걱정이다

>
수다를 떨기에는 그래도 괜찮았던 겨울
낡은 단층 아파트 정원에는
늙음과 만성병을 걱정 말라고
나무들이 꿋꿋하다

너 속에 나 있고
나 속에 너 있다

마주 보며 앉은 쉰 살은
마음속 어떤 선수를
서로 내보내 놓고
승부의 결과를 종종 기다리기도 한다

그동안 쌓아온 서로의 방식 닮은 얼굴에
가면 눌러 쓴 선수는
벗겨질까 손끝으로 서로를 매만지며
우리는 왜 씁쓸하고 헛헛해지는 걸까?
범죄자도 아닌데
자책에 빠지기도 한다

너는 곧잘 허기지는 뱃속에 손을 얹으며
그동안의 나 배고픔의 시간이 얼마나 길었는지를
짐작해보는 듯했다

그러면서도 너는 민첩하게 이동하는 골짜기 햇살처럼
거침없어 골 깊어진 나를 향해
결판은 다음에 내자며

또 보자며 손까지 흔든다

미처 섭렵하지 못한 마음과 마음이
또 다른 뜻이 숨어있을 것 같은
의심과 의심 사이에 서로가 내보낸 선수는
길게 끌리는 까닭 모를 슬픔 생겨나
밖의 그림자를 몸 안에
성급히 거두어들인다

허기

한 번도 해본 적 없는 고백을 해보라고? 당신은 내게
다그친다. 대답의 간소화가 싫어서 나는 하루 세 끼 밥 먹
고도 간식 몇 끼 더 챙겨 먹고 말았다. 나는 더 많은 것을
공유하기 위해 위장에게 만족하는 법은 끝내 가르치지 않
았다. '기막히게 별을 따오는 사랑이 어디 그리 쉬운 일이
던가 나는 웅얼거렸다

밤새워 긴 글 쓰다 지친 당신의 겉과 속을 어찌 알겠
어? 다만, 사그라질 사랑 활짝 피워놓고 꽃 밖에서 닫힌
꽃의 가슴 열어보라는 당신의 지독한 궁꿉을 외면하고 싶
었다

넉넉함을 두려워하는 당신 주위 맴도는 외톨이가 홀대
라면 이젠 두렵지 않다. 한껏 내 것인 양 품은 위장을 견
디는 일은 그렁그렁 일상이 되어간다. 지독히 흐린 날 마
시는 커피와 홀로 듣는 음악은 새까맣게 밀려오는 점령
군. 피로한 위장에 말아둔 추억이 더부룩하다

닭의 해

질기고 뻣뻣한 시간이
내동댕이쳐졌다
설렘의 긴 목소리가
반으로 찢긴 해를 물자
잔잔한 바람에도 기우뚱하는 어머니
비명은 오랜 습관이다

2016년의 시작은 주삿바늘이 폭신한 알콜솜에 취해 예
측도, 변화도, 현실도 직시하지 못한 채 질질 끌려 다녔다

2017년은 시작부터 일몰에 말리고
2020년이면 일자리 510만 개가 사라진다고 한다
4차 산업을 예측하는 수많은 데이터도
거꾸로 뒤집어 보는 어머니 앞에서는
무용지물이다

불확실한 세상을 살아내기 위해선
몸부림이 터주는 길이
미시적으로 다가섰지만
굴종에 길들여진 어머니는
편안하다

절대 고수를 만나다

불어온 바람이 덜컹거려서
점 보러 찾아간 점집은
오래된 단층 아파트 한가운데 있다

오래된 칸 칸마다 든 노인들은 일제히 기침을 토한다

덜컹거리며 불어왔기에
살아온 날들이 수여하는 덜컹거림의 훈장
그렇게 최고의 고수가 된 사람들의
어깨에는 별이 빛난다

젊어서는 만난 적이 없는 인연들이
사금파리들, 쇠붙이들, 결국 아무것도 아닌
이것들이 모여
이웃을 이루어 해후하는 단층 아파트
몸 안에 가둔 서로의 지난날을
얼마나 울림 깊게 토해내는지

서로 자신이 고수라고
쿨럭이는 사람들

프로그램처럼 움직이는 봄도
우울증이나 실어증도
크나큰 성숙에 이르는 길인 걸
참을 만치 참았다가 기침으로
증거하는

고수들의 세상은 그렇게 오랜 기억을 게워내는
한파 가운데 있다

구들장 아랫목만을 찾아 헤매던
내 방황의 고민은
수십 년 총총한 총기로 뽑는
당신의 점괘占卦에 일시에 무너지고

강둑출사

금호강둑에는 마른 갈대, 쑥부쟁이, 도꼬마리
모두 무슨 하던 생각을
표정 밖으로 지워내고 있다

한곳에 모여 웃던 그 표정에는
한꺼번에 길을 헤맬 때 흘린 가랑이의 오줌
찔끔 흘려 내린 흔적이 보인다

찢어지고, 찢겨져도 요양병원이 아니라서 좋은 때
닦아놓은 심법의 도道가 남아있어
왔던 길로 되돌아간 이들 소식 들을 때면
아름다운 완성이 그저 그런 거라는 걸 알게 된다

비극의 비법, 그들 또한 어차피 흩어져야 할
어떤 준비를 마쳤는지
모두 서두르지 않는 표정이다

찡그림의 표정이다, 증발하고 없어지면 어쩌나 하는
그런 고민을 찾아보겠다고
시인의 눈빛으로 물끄러미 바라보데

얼굴이 있던 자리 남은 희멀건 윤곽

허공은 카메라가 되어
말라 바스라져 가는 것들을
영정사진인 양 담아 간다

허공에 걸린 문들

치매에 다친 옆집 할머니가
어렵고 힘든 낯선 번호
비밀번호로 무장한 우리 집 출입문을
스르르 열어버렸다

쩡쩡한 겨울은 결코 낭떠러지가 아니다

허공이거나 절벽의 입구에
어떤 견고한 장치를 마련해 둔다고 해도
그리움이 깊으면 열릴 수 있다는 것

그날 이후 문은 그냥 바람막이라는
가설은 세워졌다
파삭한 마른 잎 같던 어머니를 보겠다고
치매의 옆집 할머니가
바람처럼 구르면서 뭐라고 암호를 남겨놓았다는데
어머니와 나는 아직 그걸 읽지 못한다

부서진 문짝과 망가진 시건장치들
수북하게 모아둔

치매 할머니의 집 206호는
문이 어떤 추락도 가로막지 못한다는

가설입증의 생생한 현장이다

뒤엉기다

철근 골조 담벼락 밑에서
바구니에 사과탑 쌓아놓고
흔들리는 담쟁이를 본다

정말 심심했을 누군가가 파 놓은 함정 같다

터무니없이 꼬여든 오해가 쉽게 풀리지 않았다 해도
철봉에 매달려 없는 근육을 다시 만들려는 담쟁이 몸짓

철근이 담쟁이를 곁에 두기 위한 마음먹살을 잡은 것
같았기에
나는 그 오해를 밝히지 않기로 했다

오해를 밝힌다 한들 이미 아팠고
그 아팠던 옆구리에는 오해조차 식어버린 지 오래다

차라리 앙상한 겨울을 혼자 견디지 않겠다는
철근과 담쟁이는 지금 함께
겨울 노상에서 상처 난 사과 같은
오늘을 싸게 팔고 있는 중

서로 마주보며 망가지는 얼굴로
상처 부위만 도려내면 먹을 만하다고 한다

뭐가 그리 재미있는지
철근 담벼락도 담쟁이도
사과를 담은 붉은 바구니도
까르르 웃는다

불로고분에서

깊이 박힌 상처일수록
숫자를 셀 때 가끔 포함된다

밤마다 나를 위해 입어보던
레이스 잠옷을
누가 저기 가져다 놓았나

마음속에 잠긴 이야기가
나만 아는 내 방식대로의 기억에
갇히다 흩뿌려져 진 별들

고모, 숙모, 엄마가
거센 찬바람을 몸 안에 가두며
불로고분 211기 어딘가에서
토착민이 되어
헤아리는 아득한 눈빛

식어버린 체온을
더 차갑게 굳히는 밤
여름 내내 수다 떤 단풍잎은

붉은 와인 잔이 되어
아름다운 완성을 축하하겠다고
닿던 식은 입술을 버린다

그지없이 이룬 완성이란
상흔처럼, 다 비운 잔처럼
엎어져 있다

담쟁이 장례식

정맥 불끈한 손아귀들이 있어
도시는 결코 폐허가 아니다

방금 발굴한 미라의 손가락뼈
담벼락에 걸린 형벌에
두개골 안구는 이미 퀭하다

기세등등하던 건물에서
담쟁이는 그렇게 눈을 감았나 보다
들끓던 발길이 끊긴
높은 이의 장례식이 그렇다

얼마를 오르려다 중단되고 말았을까
손 짚어 허공을 오른 흔적
발은 아래를 얼마나 아프게 밟았을까
집단 무덤은
아우성의 아랫자리에 생겨나고

몽땅 털린 약자들이
봄이 되면 도시의 여백에
또 꿈을 내걸겠다고
얼이 오그린 손 딜딜 떨고 있다

담쟁이는 영화관 스크린이다

현실의 세상이 있으니 당연히 비현실의 세상도 있겠다. 삶과 죽음을 가르는 경계에 대해, 싸구려 연애에 대해 아무리 강조해도 질리지 않는 날은 나는 오래된 영화관 비오는 스크린을 자처한다. 사람들에게 그 경계를 넘겨주거나 넘겨보게 한다. 경계에 서서 오가는 사람들 엿보기를 돕는 내 본성은 어쩔 수 없잖아? 머리카락이나 각질에도 내 유전자가 꼭꼭 새겨져 있었기에 가벼운 연애를 즐기는 것도, 헤픈 잎과 진중한 사랑을 원하는 줄기의 좀 야한 웃음소리도 시끄럽기만 했다. 진짜 웃겨서 웃다가 너무 어이가 없어서 웃다가 너무 쪽팔려서 웃는 게 전부였다. 부셔버리고 싶을 정도로 스크린 위에 싸구려 각본을 쓰다가 너무 힘들어서 대충 휘리릭 급마무리를 지어버린 내 이야기는 전혀 설득이 없다는 걸 안다. 반드시 고쳐야만 할 장면들이 눈에 거슬렸다고, 빨리 마무리를 지으라고 야유를 보내지만, 그대들 머릿속엔 내 잘못 짜인 극본의 줄거리가 선명하다

3부

수다의 정석

똥배짱으로 둘러앉아 차 있는 아랫배를 쏟아낸다. 후련
해진다. 이런 쾌감. 겪어보지 못한 남자들은 모른다. 부글
부글 넘쳐나는 악다구니를 달래는 데는 치맥이 좋다. 소
소한 오만과 횡포를 견디는 못난 여자의 영혼 없는 중얼
거림에도 술 취한 채 죽은 닭은 끄떡도 없다. 자잘한 사건
들을 그러모아 쥐면 꽃다발. 그렇게 완성되는 몇 편의 단
편소설들,

환멸을 견딘 만큼 나불나불 가벼워지는 혓바닥

노숙하는 꽃들에게

초겨울에 왜 봄꽃이 필까 궁금해 하다가 노숙을 생각했다. 어제까지 한 남자가 상자를 깔고 자던 그곳에 오늘은 철없는 계집애가 노숙한다. 하필 왜 그곳인지, 땀, 소변, 시체 냄새가 질펀한데 계집애는 겨울에 꽃피운 민들레 눈빛을 살핀다. 플라타너스 잎이 죽어가는 냄새로 다가가자 머릿속이 보도블록 같은 계집애는 생각한다. 민들레 너는 땅에 박힌 큰 구슬인 거야

돈을 달라고 하든지 칼을 들이밀거나, 아니면 또 자기 물건을 꺼내어 보이지도 않으니 아름다운 거라고..., 하지만 나는 자동차 급브레이크 밟는 소리처럼 말을 했어. 어린 아가씨! 인생은 스케이트장이야. 위대한 모험가도 지나가는 길목에서 어느 날 쪼그라들게 마련이라고, 수많은 사람들이 길 위에서 넘어지거든…, 악취 때문에 눈이 따끔거려도 웃잖아! 그러니 민들레가 피운 꽃은 쪼그라들 줄 알면서도 행하는 모험이거나 일종의 반사행동인 거지

단풍창에 귀를 대고

쓸쓸이 깊어 까매진 가을 유리창에
불을 댕긴 건 보름달이었다
귓바퀴 도톰한 여자가 불을 켜서
아파트 8층에서 나도 덩달아 켜는 방안의 불
마주 보이는 은행나무가 102동 전체인 양
창문 칸 칸마다 튕겨대는 불꽃에
더 어두워야 잘 보이는 창문
마른 담쟁이넝쿨 위로도 달빛은
잘도 재잘재잘 번져나간다
벽이란 어떤 벽도 뚫지 못한 바람이
수많은 창문을 흔들어서 너는
검붉은 안구 오른쪽으로 심하게 쏠렸다
나를 보는 너의 눈은 몹시 노랗게
덜커덩거렸다는 증거다
오랫동안 주거지 반경만을 살피는 내 창문은
밤마실 나온 산격동 여자가 자꾸만 흔들어대서
뒤엉키는 소리가 오래도록 남았다
바람이 다녀간 창문에 블라인드 내리고
발 시린 가로등 사이에서
일기 쓰느라 밤 내내 생기 잃은
작은 창문이 껌벅거렸다

씁쓸한 골목

엘리베이터에서 만나질 때면 언제나
위층 여자 피식 지어보이는 건 반달 미소다

머리 위에 달처럼 고상한 여자가 산다고 여겼는데

어느 날 그 여자, 몸 구석구석 상처의 흔적 내보인다
부모에게 수 없이 얻어맞으며 자랐다고 한다
남편에게 또 폭행을 당한다고 고백한다
웅얼웅얼 흐린 말끝 뒤엔 그래도 남편을 사랑한다는
거였다

오늘도 운석과의 충돌을 피하지 못했는지
달과 수십 킬로미터쯤은 떨어져 있다고 여기며 살아가는
아래층 책상머리까지 공포 먼지로 폭풍 일으킨다

<달방 802호>에 들어 은둔해서 글 쓰는 나
눈시울 뿌옇게 한 그녀 <달 기지 902호> 사이에
대기층 간 보호막 씌워볼 궁리다

일제히 질문

발 없는 바람이 지나가다가
새의 깃털 툭 떨군 자리
그 지점 앞에서는 가끔
나는 누구인가, 물음표 생겨난다

늙은 어머니조차 두려워하는 공중교각 위는
새들마저 길 잃어버린 흔적
모호한 발 스케치 휘갈겨져 있다

'다 지나가리라'는 말에 짓눌려도
붕 뜨는 부력 가끔 벌렁거린다

여기가 어디쯤인지
몇 번이고 작별키스 연습하는 부리

항변의 말은 모이통에 들어
열대야를 누르고 있다

꽃무릇 필 무렵

지상에 꽃무릇 피어 있어
하늘의 별빛 느슨해지는 밤
창가에 앉아 소맥 몇 잔 들이킨, 애인과
아린 눈빛으로 이별 궁리를 한다
허공을 밝히는 네온간판은
코리안 숯불통닭을 빙글빙글 돌리고
벌린 바짓가랑이 밑 비칠비칠
기어서 어디론가 바삐 가는 바퀴벌레를
발을 뻗어 단숨에 터트린다
툭툭 여기저기 흩어진 아삭한 꽃무릇이
바닥을 짚고 나서야 스르르 주저앉는
흐드러진 밤 취기의 골목
하늘하늘 시려오는 가을이 온 걸 알기에
별꽃 어깨에 어깨를 포갠 채
각진 얼음 이리저리 굴려대는 혀
더듬는 골목길은 양 갈래여서
현기증 그 이후 내게 찾아올 징후들
살점은 삼키고 덜 녹은 별의 뼈를
퉤퉤 어디에 뱉을까
눈길을 피하는 애인의 허공

나무의 발치

껴안았다가 풀어 주고, 풀어 놓았다 다시 껴안는
내 사랑 이야기는 소소해서
플라타너스 가지들에게는 조금만 들려주기로 했다

저만큼 떨어져 시큰둥한 기둥처럼 서 있는 당신에게
간결하다고 나쁠 것 없는 문장, 민들레인 내가 피운 꽃
씨는
나무의 발치로 날아가 발등을 덮는다

그렇게 반경에 감옥처럼 꽃밭을 만들어 놓고도
사각의 틀을 떠나지 못하는 플라타너스

그래, 유토피아란 어쩜 그대 발 옆 아니겠어!

발아래 길이 확장될 날 머지않았다며
깊은 고민에 빠진 플라타너스 그를
껴안았다가 풀어 주고, 풀어 놓았다 다시 껴안는
이쯤 되면 오롯이 나는 너의 민들레인 것이지

늙은 카페의 푸념이 있었다

안개와 뒤섞이는 건물의 기억들은 비릿하다
우울한 항변을 그대로 들어줘야 한다

　한 채의 오래된 카페가 허물어지는 동안 들숨을 쉴 때
마다 속이 울렁거린다고, 지나가는 바람은 마스크를 쓰겠
지. 어젯밤 이곳으로 돌아온 그대 모습도 피폐해져 있었
지. 탁자에 앉은 그대에게 어떤 주문 없이도 시원한 차를
건넸던 거지. 꾸역꾸역 밀려들던 사람들 뒤엉켜 빠져나간
뒤 쓸쓸함만 남긴 당신을 얼마나 더 무작정 기다리면 될
까. 다른 상가들은 모두 문을 닫았는데, 깔아둔 융단 위에
서 엉덩이는 무거워졌다. 당신이 내려놓을 채송화 의자는
어디에 있나!

　스웨터처럼 어깨에 둘렀던 현수막은 내공을 부풀리느
라 펄럭인다. 고풍미를 외면한 당신은 이미 폭신해져 있
는 나를 슬픈 눈으로 바라본다

버즘나무 선물

1

물 날린 청바지 엇갈린 두 다리로
휘휘 허공을 젓고 있다
어릴 적부터 쭉 지어온 표정과
진지하게 골똘해진 얼굴이
물구나무로 세상을 바라보는 중이라면
뿌리는 보이지 않아도 좋다
바닥으로 깔리는 오후의 빗방울이
청바지 허리에 부딪치자
버즘나무 어둡던 잎사귀는
어디로 흔들려야 할지
끊임없이 불투명한 하루를 흔든다
젖으면 무거워지는 바짓단
비가 와서 나는 더 심심해지겠지만
누가 찻집 창가로 데려가 준다면
나는 슬쩍 그의 귀에
선물로 휘파람을 걸어줄 거야

2

바람의 손뜨개질에

몸통에서 떨어져 나간 각질들
발아래 풀꽃 위에 얹히지 않도록
코바늘은 재빨리 움직여야 한다
거리는 진종일 긴 레이스를 걸쳐서
공중에 떠 있는 바람의 손이
텅 빈 까치집을 휘감을 때
가장 깊어 보이는 하늘 틈새로
나는 가끔 뛰어들고 싶었다
길을 꼭 붙잡고 물구나무 선 버즘나무
이리저리 가로등을 살펴서
지난날 사라진 날벌레들이 얼핏
별똥별처럼 보이기도 했다
늘 떠났다가 돌아오는 습성에 길들여져
늦은 밤에야 집으로 돌아오는 그대
내가 걸어둔 하늘 수틀에서
오랜 기다림의 선물인 듯
양팔을 흔들어대겠지만
결코 당신을 향해 몸 일으키지는 않겠다는
나의 양발 차기는 허공에서 요란하다

거울

안면신경이 아작아작해서
얄미운 여자
짓밟고 싶은 내 발은
아슬아슬 빙판길 위에 있다
그 여자 초승달처럼 홀쭉해져서
태두리 없어 위험한
둥근 거울 같았다
깨뜨렸다고 스스로를 위로하는 순간
삐죽빼죽 얼음조각
튕겨진다

할퀸다
내 아킬레스건을

시

바위에 기어코 올라앉은
한 톨의 이끼를 본다
슬픈 노동의 그가 좋다

응시하도록 이끌고 가는 눈빛
너의 방향에는
별 개성 없이도
미끌미끌할 거라는 생각
파랗기만 한
내 슬픈 족적을 닮았다

콸콸거리는 물살에 함몰되더라도
영원히 반복될
후렴 없는 노래다

아귀힘 여간 아닌 네가
그냥 좋다

홍시 1

내 눈길이 드디어
과녁의 중앙을 맞추었나 보다
금방 꼬꾸라진 검정색 한 귀퉁이
그 자리에는
붉은 핏방울이 흩뿌려졌다
뚫려버린 허공이 게워내는 말랑말랑한 피
창가에 서 있는 내 속내가
밖의 그대에게 찔렸을 때
어둠 한가운데로 대롱대롱한 생각들
줄줄이 위태롭다

명중 당한 내면에서 잘게 바수어진
소소한 이야기가 이윽고
붉은 소수점들을 끌어내렸다

홍시 2

허공을 가르고 떨어진 아크릴물감
쇳물 흘리는 용광로처럼
뜨거워진 아가리가 앙징맞다
모기는 더 깊이
풍선 속 바람을 흡혈한다
안간힘으로 버텨내지 못할까 봐
엄지와 검지가 옆구리를 꼬집는다
함몰된 젖꼭지 자리가 발갛다

물풀

저수지 가장자리
물의 등뼈에서 자란
한 때의 내 발자국이 닥지닥지 떠 있다
수몰시킨 과거가 떠올라서
지하의 밑바닥을 끌고 나와
파릇한 잎을 피웠다
통점의 각도를 이리저리 부려놓아도
겨울 지난 발자국들은
봄이 되면 어김없이 따뜻하다

저수지의 아가리는
한 생이 펼쳐놓은 말에
슬그머니 수평을 잡아준다
돌아오지 않을 그 날이
사라졌다 나타나는 만월에게
퇴로를 터주고 있다

상사화

주머니에 손을 넣었는데
동전이 만져졌다
더듬어서는 앞면과 뒷면을 구분할 수 없었다
내가 궁금해 했던 그 물음을
틈만 나면 동전이 되물어왔다
이틀 동안 그 옷 입고 아둔해지고 있었던 나는
둥근 것들에게 촉수를 곤두세우며
오그라진 달처럼 잠시 그대로
꼿꼿하게 서 있기로 했다

평생 더듬어온 손끝에서
도저히 닿을 수 없는 갈망에서
부엉이 소리가 들렸다

섬세함에 이르고 싶던 내적 갈망은
이제 그만 잊고 싶어졌다

호주머니에서 손을 꺼내는데
손은 어디 가고 동전만
튕겨져 공중에 박힌다

서리

자꾸만 허벅지 꺾이는 강둑의 풀들에게
흰 피막은 아프지 말라는
극도의 마취제 같은 것
살갗은 투명한 빛을 발하며
뼈의 감각들이 되살렸다
물결처럼 화려한 저 풀들의 문양이
퇴화를 멈춘 수많은 뼈들이
붕어의 입 같은 깊은 함정이
좀처럼 가늠이 되지 않아도
서서히 몰락해 가는 뼈라고
의혹을 제기하지 말자

점점 아픔 무디어지는
내 발뒤꿈치도 발목도 무릎도
다른 살을 덧대이 놓은 듯
그대 차가운 사랑이
시리지만은 않았다

올 때 되어서 온 서리니까
떠날 때도 소리 없이 가거라

똥배

눈으로만 바라보던 구름이
내 뱃속에서 만져졌다

내 몸속 꽉 찬 구름이
나를 번쩍 들어 올리는 그 무렵
커다란 솜사탕을 나는 또 입으로 가져간다

한여름 내 무른 잠이
한껏 부풀려져 몽롱할 때
뱃속 노래하던 새들이 갑자기 멈춘다

겹겹 벗겨내는 음악의 힘들
꾸르륵 꾸르륵 깊게 훑더니
번개는 천둥을 데려올 징조다

꾹꾹 눌러보는 가을의 살점들
더 단단해졌다

다도의 시간

무쇠 주전자 아랫도리를 천천히 달군다

마른 입술 속 혀를 자벌레의 등에 대고
편두통 밀려오는 밤을 끓인다

침묵에 중독된 내가 마시면
떫은맛이 될 잎새 갉아먹은 당신 또한
두통의 맛을 알까

무쇠솥에서 풀물 든 아낙의 손끝이
별빛 머금은 작설잎 굴리는데
물빛 투명한 비명은 뜨거움에 닿아
이슬이 남긴 유리창의 흔적은
뇌 속에 기어든 벌레처럼 돌돌 말린다

한동안 누군가의 발길질에 짓밟혀
움츠러들었던 나는, 불에 부풀린 찻잎처럼
퍼지는 자벌레 주름의 맛 조금씩 알아간다

쇠가 껴안아 뜨거움으로 녹여내는 물

달 속 웅달이 야금야금 줄어든다고도 믿는다

한밤중 차를 끓이는 시간이 길어지면
겨울 이겨낸 함성에 피가 닿아
내 혀는 분명 응축의 봄을
맛보았다 할 것이다

4부

고인돌

질마재에서 걸어온 고인돌
허벅지 딴딴하다
오래도록 길을 걸었나보다
삼천 년을 걸었으니
살갗은 바람에 푸석해졌어도
안으로 숨긴 힘줄
내가 어디서 와서 어디로 가는지를
다 안다는 눈치다
함부로 입을 떼지는 않았지만
매일 밤 무릎에 올려놓고 달래주어야 할
떠돌이별에게
시린 무릎은 아깝지 않다

바람이 내려놓고 가는
질마재의 시간이
이끼의 등을 말리고 있다

사랑

홑눈의 자외선 그가
매복했을 거실 방 주방
구석구석 탐색하다가
나는 끈적끈적해졌다
그가 뉘엿뉘엿 떠나갔어도
눈길 강렬했던 자리에
홀로 남겨진다는 것은
갑갑하다

나팔꽃 창틀

산비알로 누워 잠드는 어머니에게
불러줄 노래가 마땅치 않아
들쥐 들락거린 구멍에 하품을 하다가
물씬한 불여귀不如歸 물똥 냄새에
눈물이 찔끔 났다

틀니 없는 입안에서 오물거리는 물안개
입술 주름마저 깊어진 어머니는
잠속에서도 노간주나무 공중을 흔든다

모퉁이 나팔꽃은 온몸 꼬아대며
저음의 휘파람 받아 삼키는 산비탈
어머니가 내게 가르쳐준 나팔 소리가
혼곤한 딸들의 졸음을
꽃도장 입술로 흔들어 깨우는구나

오늘이 가고 내일이 들어설 이 자리엔
어머니가 없을 걱정은
느릿하게 다가오던 기차를
갑자기 눈앞에서 빨라지게 하는지

난 열린 창문을 성급하게 닫는다

바람이 흔드는 커튼자락이 그러했듯
문틈에 낀 어린 나팔꽃은
수 없는 세탁에 나들해진 명주 속옷
나지막이 찢기는 비명이다

새벽의 풍문

205호를 무슨 날짐승 낚아채듯 들것에 올린 119사내들
은 모두 거구였다. 그들은 병색 짙은 몸을 들어 올렸겠지
만, 허물어진 살점은 한 채의 집이었던 것. 오래되고 낡긴
했으나 노란 들것 위에서 찔끔 찔끔 꽃으로 피어 있었다.
좌절로 불리는 꽃 당황스럽게 공중에 잠시 떠있 는 품종
명品種名 205호. 새벽 가로등처럼 깜빡거리다가 희미해지
는 건 한순간인 것을 그 꽃은 끝내 모를 뿐, 아파트 밑을
지나가는 낮은 계단들이 급하게 쑥덕거렸다. 오소소 잠
깨는 시큼한 205호 입술을 더듬는 바람 앞에 씁쓸히 다가
왔다. 하루 종일 촘촘히 벼랑 끝에 자리 잡았는데, 벼랑을
끼고 깃털을 간신히 추스렸는데, 205호는 저쪽 골목 끝에
서 다시 돌아오고 있었다. 해는 몇 번을 흐린 창에 걸릴
지. 세던 숫자를 잊어버리는 날이 많아졌다

팔월의 남매들

잎이 받쳐 든 층층 꽃을
눈 흐린 남매들이 바라보고 있다
어머니의 자양분이 키운
푸른 피의 끝에서 터진 연분홍의 살
한때는 싱싱했다 해도 이제는 지는 시간
잎을 계단처럼 밟아서 옥상까지 오른 꽃대는
학의 고고함 닮은 외발로
퍼덕퍼덕 퇴화된 날개를 흔든다
먼 산을 바라보는 눈길이 슬프다는 것은
오랜 나날 비바람 견딘 어머니 어깨
안아 일으켜 세우다가 알았다
짓눌릴 때마다 아아 지르는 비명
날개를 여닫은 만치 매몰되는 어머니의 늪
언제까지 꽃일 수 없게 조여드는
시간의 완강한 힘에 저항하며
어머니 힘겹게 눈꺼풀을 여닫는다
차마 바로 보지 못하는 내 눈은
그 슬픈 집착을 애써 모르는 척
외면도 당당하게 하는 우리들은
어쩌면 무슨 공범의 남매가 되고 있었다

양파 이야기

껍질을 훌훌 벗으면서도
눈물 찔끔 흘리게 하는
양파를 나는 깐다
하얀 속살이 맵다는 것을 알면서도
안으로 품은 이야기가 있을까
이 슬픈 헛짓을 또 한다
상처 난 손끝에 얹어두고
이해한다, 이해한다 말도 건넨다
까면 깔수록 너는 작아지고
나도 따라 한없이 작아지고
더 깊은 상처로 아픈 우리는
차마 말하지 못한 서러움을
비밀로 싸매버린 지 오래다
함께 눈물 섞는 당신도 나도
연신 고개 끄덕이는 일만 남았다
서로 모를 속을
태양이 만들고 주고 갔다는 사실에
긴 장마가 지루한 날은
부질없이 사 모은 옷들을
하나씩 입어보고는 다시 벗는다

입 벌린 수거함 향해
수북한 껍질을 던진다

사이다

세상의 뚜껑을 열고
내쉰 나의 첫 숨이
아버지 가슴팍을
폭죽 같은 울음으로 쏘았나!
간이 굳어가는 병으로
오래 앓아누운 빈 속 아버지는
내가 건넨 사이다를 한참동안
입안에서 굴리셨다
남매들 아우성에도 아랑곳없이
당신 눈길 머문 곳은
나의 짐작이 맞는다면
그건 별이었던 것
수천 개의 별똥별
어두운 입안을 밝힐 때
나의 울음이 가 닿은 곳 또한
아버지 가슴팍 닮은
별이였다

뚜껑이 열리자 솟구쳐서
하늘로 가는 잔별들

혀, 빙초산, 이별

내리 꽂히는 빗소리는
살벌했다

보호안경 아래 용접 불꽃이
아작아작 알전구를 씹듯
내가 흘린 눈물이
피식피식 꺼지고 있다

쾅쾅쾅
얇은 모란의 천장을 두드리고서야
사라지는 발소리는
폭우였다

까마귀나무

일출도 일몰도 한곳에서 받아들여
낮의 열기 삼킨 잎을 펄럭펄럭
나무는 바닥에 내려놓고 있었다

허공 디딜 때 신던 신발들
발목이 빠져나간 뒤에도
나뭇가지에 석양은 걸려졌다

머릿속을 까악까악 흔들던 까마귀 떼
그가 노을 속 차지한 가지는
온전하게 고정되지 못한
자책의 후반부를 후려쳤다

나는 두리번두리번 아버지가 그리웠다

무겁게 내리깐 눈꺼풀 까마귀
쪼아 먹은 열매를 가둔 모이통에는
눈이 읽어내지 못한 또 다른 세계가
이카루스 너머에 있다는 것을
나 날개 다 허물어뜨리고 나서야

알았다

한 몸이 된 까마귀와 나무는
끊임없이 활자 검은 지침서로
어슬렁거리는 포식자들에게
경전이 되고 있었다

전단지

뼈대만 남기고 완전히 개조해드리겠습니다

마음에 딱 드는 전단지
지천명 눈을 번쩍 뜨이게 하는 전단지
그 전단지 견공 한 마리 얻었을 때처럼
뼈대만 남기고 다 바꿀 수 있다는 내 취향을
컹컹 짖으며 알려주는 전단지

누군가가 살찌웠다가 다시 살아갈 집 다 훑어낸 자리
탕진의 바닥 엉덩이 툴툴 털고 일어나는 노숙인처럼
문틈으로 날아든 전단지

이리저리 접으며 다시 살아갈 집 만드는 재미에
내 상상은 푹 빠지고 말았다
그날부터 전단지만 보면 구심점을 잃고 당신 주변을
빙빙
살점 훑어대는 바람에게 삐죽삐죽 뼈대 내비쳐도
나는 절대 아파하지 않았다

바람에 펄럭이던 전단지

내 손이 닿기 전에 누가 먼저 찢어 가기도 하는 전단지

담았던 마음마저 빼앗긴 전단지
설렘이 숱하게 쌓였다가 폐지로 버려지는 전단지

그 중에서도 내가 가장 좋아하는 건
뼈대까지 개조해줄 듯이
나를 그리워하는 당신이라는 전단지

회전문

여러 겹 당신 마음 앞에서
어느 틈으로 몸을 밀어 넣을까

문 안으로 들기 전에 망설임은 이미 끝났고
문밖으로 언제쯤 나와야 할지를
먼저 고민하는 나는 어지러웠다

다른 꽃들과도 잘 지낼 수 있는 방법을
이미 터득하고 있는 당신에게
내 소소한 일상의 슬픔 밀어 넣는다는 것은
그 어떤 안정제로라도 잠재울 수 없을
불면은 그렇게 시작된다

칸칸 구획된 공간에
나를 넣고 빙빙 도는 당신
여러 겹 코스모스 같은 당신 마음 앞에서
나는 어느 꽃잎에 몸을 밀어 넣어야
당신 얄팍한 사랑으로부터 쏙 빠져나오며
안녕안녕 손 흔들 수 있을까

>

로맨틱한 당신은 끊임없이 돌고
연착륙이 필요한 나는
아찔한 탈출을 꿈꿀 뿐

무화과

감출수록 더 붉은 상처가
안 보이는 그곳에 있다

입에 물려 말이 되지 못하는
그녀의 목소리, 수화가 되던 날
내게 건네는 자줏빛
물컹한 혹 주머니에는
상처의 씨앗이 꼭꼭 숨겨졌다

서툰 바람이 건드리고 지나갈까 봐
또 그럴까 봐

펼친 손바닥 같은 잎으로
끝내 꽃이 되지 못한
비밀을 숨겨주고 있다

겨울억새

산 능선 위 노을이 그은 밑줄에는
황혼의 여자가 누워
영문도 모른 채 백발을 날린다
저녁 식사 준비되었다 해도
떠먹여 줄 바람을 기다리는 여자에게
오늘은 달맞이꽃, 도깨비바늘, 박주가리
박박 문질러서 죽을 끓인다
마지막으로 바람까지 분질러 넣으면
뽀글뽀글 어둠 너머로 끓는 죽
몰려온 방향도 모르는 허기는
늘 어둠 쪽에 앉아 입을 벌린다
입술 허옇게 마구 떠 넣으면
느슨해졌던 심장도 펄떡거린다
엷은 혀끝이 잘 차린 붉고 비리고 아픈 맛에
오래 길들여졌다가
위태롭게 붉은 밑줄로 더듬는 기억에서
한 시절이 내 속으로 들어왔다가
예고 없이 빠져나간 사랑의 맛을
백발 여자 떠올리는 것은 아닐지
시큼 씁쓸 텁텁에 닿은 혀가
일렁이듯 미동하는 저녁이다

달

1

잠을 잘 동안 내내
내 양 어깨를 내려다보며
밤새 어둠 한복판에 앉은 외등 같은 그녀가
단감 한 접시 저 혼자 썰어
저 혼자 야금야금 베어 먹었나보다

새벽달이 달짝지근하다

2

짐승 발톱 같은 바람이
몸을 훑으면 드러나는 화석
살비듬 수북하게 긁어모아
그 위에 누워버리는 화석
달은 늘 그랬나

잠 깬 내가 한껏 허공을 흔들어보아도
그는 미동이 없다

3
족쇄에서 발목을 뺄 준비에
조금씩 야위어가는 달
한 발짝도 내딛지 못할 때 손잡아주는 것 또한
나와 멀리 떨어진 행성이다

어느 날은 작아졌다가 어느 날은 흐려진다는 건
사라지는 것에 당황하지 말라는 암시
부피를 줄이거나 색이 엷어질 때
서로로부터 조금씩 풀려났다

흐리게 또는 작게, 혹은 접었다가 폈다가
다시 오므릴 수 있다는 것은
이별을 두고 오래 골똘해 본 사람이라야
할 수 있는 경지

한없이 깊어진 정신의 강물 속으로도
감빛 출렁이는 아랫배로
돌아오지 않을 배를 밀고 있다

커피 드실래요?

찔레꽃 위에 뜬 태양님!
지글지글 끓는 커피 드실래요

구름 두 스푼 넣어드릴까요

각설탕 모서리는 그냥 둘까요

후루룩 후루룩
인스턴트커피만 좋아한다구요

무심코 엎지르고 나서
살금살금 기어드는 개미떼를 보네요

나는 흙냄새로 피어나는
오리지널 향기

코스모스

참았던 연민이
한숨 툭 터트리듯

열기 차오른 땅의 머리가
무덤으로 부풀더니
여섯 폭 주름치마 훌훌 벗더니
바늘 씨방 까맣다

오솔길에서 마주친
그대 깊은 눈썹이 그랬듯이

목련

삼십여 년 만에 찾아온 시릿골
바람이 햇살 무릎 꿇린 골목 끝에서
이름이 선녀여서 얼굴도 이쁜 동창이랑
흐린 시간을 가지에 걸어 두는데
한쪽 팔을 휙 잡아채듯
힘 좋은 먹구름의 팔은
새의 날개를 스치고 있었다

잘 살아왔고 잘살고 있다고
그녀, 내게 건네던 말의 한쪽 모서리가
점차로 어두워지기 시작할 무렵
'아니다 아니다' 손 내젓는 목련 아래
그녀 이름이 이미 '안 선녀'이듯
어릴 적 습관을 다 알고 있는 나는
시릿골 돌담이 무너지지 않는 이유가
겨드랑이 견고한 짜임에 있음을 알았다

물집을 건드리다

1
능들 경사면 위로
비눗방울 날아오른다
이곳 반딧불이 곡예 터였었나?

둥근 지붕들 생겨나고
산수유가 병풍屛風으로 가려주자
배내옷 수의로 갈아입는 노인의 뒤편
분홍 아기가 또 태어난다

두려움이던 반원의 표면
키 낮은 지붕에
나 굴뚝으로 서고 싶었지

흰 엽전 연기 펑펑 솟구칠 때
오랜 정벌 말발굽 소리는 지우고 싶었지

익어 말랑해진 산수유 붙들고 있던
진홍꼭지 노을 속을
곡마단은 지친 봇짐 매고 떠난다

>
어디서 와서 어디로 가야 할지
부장품 뒤적거리던 나
슬몃 든 쪽잠에서 깨어나
솟구친 묏등 정수리를
더듬는 거였지

2
나비들에게 팔베개 내어주는
건기 들판 꽃들은
한때의 물집 시절을 추억한다

천마天馬 타고 올
목선 긴 사내 기다리다
그 물집 생겨난 거지

능이 전하는 귓속말 엿듣던 나는
근 심 내 려 놓 고 행 복 하 시 라 는
암호 같은, 점자 같은
가렵다가 쓰라릴 사랑에 매혹된다

\>

별에게나 읽어주던
물 가둔 점자책이
되려 더듬더듬 지문을 읽듯
그대에게 상상 실밥 들이미는 거였다

문이 문을 가둔 감옥이 열리고
피운 꽃도 미련없이 버리자
결가부좌 면벽중인
홀씨가 날아오른다

해설

억압을 해소하고 사회로 나아가는
'수다'의 전략

송기한

억압을 해소하고 사회로 나아가는
'수다'의 전략

송기한 | 문학평론가

　권분자 시인의 『수다의 정석』은 『너는 시원하지만 나
는 불쾌해』에 이은 두 번째 시집이다. 첫 번째 시집에서
시인은 과거와 현재를 넘나들며, 때로는 아픈 기억과 좋
은 기억을 환기시켜 이를 독자와 더불어 공감하는 수법
을 구사했다. 개인의 체험을 외연화시켜 이를 보편화하
는 방식인데, 그럼으로써 그의 시들은 체험의 지대를 넓
혀 왔다는 평가를 받아 왔다. 『수다의 정식』 속에 구현된
세계 또한 첫 시집의 그것과 비교해볼 때, 크게 달라진
점은 없어 보인다. 이 시집 역시 시인 자신만의 고유한
체험이 작품 속에 뚜렷이 각인되어 정서화되어 있기 때
문이다. 이는 길지 않은 시기에 두 시집이 나란히 놓여
있다는, 시간의 간극이 좁다는 측면에서 기인하는 바가
크다고 생각된다 그러나 물리적인 시간의 경계만으로
두 시집 사이에 놓인 거리를 설명하기에는 무언가 석연

치 않은 구석이 있다.

여기에는 시인의 정신사를 꿰뚫고 있는 어떤 커다란 정신적 트라우마가 놓여 있는 것은 아닐까 하는 우려의 시선을 떨칠 수가 없다. 그렇지 않다면 자아와 세계 사이에 놓은 평행선이 넓지도 혹은 깊지도 않은 한계 때문에 그러한 것이 아닐까 하는 의구심도 든다. 물론 이 두 가지 질문에 명쾌한 답을 얻기란 쉬운 일이 아니다. 그것은 한 개인의 정서 속에 녹아있는 사유의 복합성도 문제이거니와 시인을 둘러싼 주변의 환경 또한 일면적이지 않기 때문이다.

나는 그 해답을 시집의 제목에서 찾아보기로 했다. 시인이 이번 시집의 제목을 『수다의 정석』이라고 지칭했는데, 그렇다면 '수다'란 무엇이고, '정석'이란 또 무엇일까. '수다'의 사전적 의미는 쓸데없는 이야기의 지껄임이다. 어떤 목적도 없이, 한가한 시간이나 공간에, 단지 들어주는 주체만 있다면 아무런 거리낌 없이 토해내는 것이 '수다'의 본질인 것이다. 이 과정에서 나오는 발언이란 물론 말하는 주체의 성격적인 측면에서 이해할 수도 있고, 또 환경적 측면에서 이해할 수도 있을 것이다. 그러나 어떤 경우에 의해 말해지든 간에 그것이 어떤 생산적인 일들과는 거리가 멀다는 점은 분명하다. 수다의 특성이 이런 것이라면, 사람들은 왜 '수다'를 떨고, 또 그것에 열중하고 있는 것일까.

'수다'란 일상생활을 영위해나가는 데 있어 필요한 것이기에 사람들이 말하는 것이다. 이런 긍정성에 눈을 돌리게 되면, '수다'에는 사전적 의미와는 다른, 어떤 긍정적 함의가 분명 내재되어 있을 것이다. '수다'는 말하기인데, 특히 무언가 가슴 속에 놓여 있던 어떤 것들을 밖으로 끄집어내는 말하기이다. 그리고 그 발언 뒤에 찾아오는 정서 가운데 하나가 바로 카타르시스의 기능일 것이다. 실컷 토해낸 발언 뒤에 오는 어떤 해방감이란 바로 이런 것이 아닐까 한다.

권분자 시인의 '수다'는 우선, 이런 상상력과 밀접한 관련을 갖고 있다. 무언가 쏟아내지 않으면 안 되는 감정의 응어리가 시인의 마음을 누르고 있었던 것, 그렇기에 이 시인은 무엇인가를 계속 발언해야 했던 것이다. 그리고 그 '수다'가 허접쓰레기의 담론이 되지 않기 위해선 어떤 긍정성과 결부되어야 했다. 실상 '수다'의 뒷공간에 '정석'이라는 레테르가 붙은 것도 이 때문이다.

정석이란 올바른 길, 곧 바른 행로이다. 결국 '수다의 정석'은 '말하기의 정석'이 되는 셈인데, 그렇다면 그것은 어떻게 말할 것인가 혹은 무엇을 말할 것인가로 모아진다고 하겠다. 그리고 그 '어떻게'와 '무엇'이야말로 이번 시집의 주제와 소재가 될 것이다.

> 그 장소, 그 가게, 그 사람
> 못이 있었던 지형은
> 둥글게 허물어졌고
> 구멍가게 아주머니는 구멍가게를 닮고
> 선생님은 학교를 닮아 울타리 같은
> 외모에서 풍겨 나오는 아 그게

당신들의 보호색이 된다는 걸
난 이제야 알았다
알지 못하는 사이에 순응된
옷, 화장, 머리스타일
결국 나는 어떤 모습일까
못 빠져나간 구멍 뻐끔한
그리고 보니 나의 보호색은
동물이나 곤충들의 모방무늬
배란 후 서서히 몸피를 줄여가는
한 생의 후반부 도처에는
듬성듬성 검버섯 깔려있다

　　　　　　　　　　　　　－「보호색」전문

　인용시의 제목은 '보호색'이다. 그것은 환경에 적응하기
위해, 보다 정확히는 환경에서 살아남기 위해 자신을 위
장하는 색깔이자 기술이다. 생존현실에서 그것이 없으면,
더 이상 삶을 영위해나가는 것이 쉽지 않은 일이 된다. 그
렇기 때문에 생존을 위한 생물학적 요구 못지않게 중요한
것이 보호색의 도입이다.

　그러나 이 작품에서 '보호색'은 존재의 생존을 위한 것
이 아니다. "알지 못하는 사이에 순응된/옷, 화장, 머리스
타일"로 만들어진 나의 모습이란 전연 엉뚱한 것으로 현
상되어 있기 때문이다. 인용 시의 표현대로 서정적 자아
의 보호색은 '검버섯'인데, 이 상징이 우리에게 일러주는
것은 생생한 삶의 모습이 아니고, 저물어 가는 죽음의 예
후로 증거될 뿐이다.

자연스럽게 형성되었을 시인의 아우라, 곧 보호색은 이렇듯 죽음의 표징으로 뒤덮여 있다. 생존 현장에 알맞게 포장된 색이 아니라, 이와 전연 반대되는 어두운 그림자가 시인의 주변을 감싸고 있는 까닭이다. 무엇이 시인을 이렇게 '검버섯'이라는 부정적 환경에 갇히게 만든 것일까. 실상 한 개인의 존재를 규정짓는 요인들은 여러 가지이다. 그것은 개인적인 국면에서 오는 것일 수도 있고, 사회적인 국면, 혹은 보편적인 국면에서 오는 것일 수도 있다. 그리고 이 두 가지 요인들이 복합적으로 작용하여 규율할 수도 있을 것이다. 『수다의 정석』을 꼼꼼히 읽어보면, 시인으로 하여금 어두운 보호색을 갖게 한 일차적인 원인은 개인사에서 기인한 것이 크다는 것을 알 수가 있다. 특히 인간에게 중요한 지렛대 역할을 하고 있는 부모의 존재가 이 시인의 시작품 속에 큰 배음으로 깔려 있음을 알 수 있게 된다.

> 무표정하게 깨진 가족사를
> 말라있는 풀들은 더 이상 말하고 싶지 않아서
> 살짝만 건드려도 아픈 상처에
> 나름의 바람연고를 바른다
>
> 92년간 겪었던 사연들
> 남은 건 썰렁함일 뿐이야
> 십오 분 간의 면회로 정리된다
> — 「한바눈 사연」 부문

인간이 삶을 영위해나가는 데 있어 가장 기본적인 구성단위는 가족이다. 논어에서 이야기하는 "수신제가치국평천하"의 논리 역시 그 출발은 여기에서 비롯된다. 따라서 가족은 아무리 강조해도 지나치지 않을 만큼 인간의 삶의 조건에서 가장 기본적인 요건이라 할 수 있다. 그런데 이렇게 중요한 가족의 한 축이 상처를 입고 조화가 깨진 모습으로 시인에게 현상된다. 그리하여 그 파편화된 흔적은 시인으로 하여금 현실을 예단하고 세상으로 나아가게 하는 통로 또한 막아버리는 계기로 작용한다. 어머니가 "브론즈의 동상"으로(「쓸쓸한 조형물」), 아버지는 "간이 굳어가는 병"(「사이다」)으로 말미암아 가족 간의 공동체, 나아가 사회적인 연결고리는 더 이상 성립하지 못하기 때문이다.

시인에게 가족공동체의 해체는 분명 치유하기 어려운 상흔이다. 그러한 상처가 서정의 문을 열게 하고 시를 창작하게끔 추동한 것은 분명한 일이다. 이런 개인사적 상처와 충격이 시의 소재가 되고, 주제가 되었음은 부인하기 어렵기 때문이다. 그런데 중요한 것은 개인의 트라우마가 서정의 문을 열게 된 계기가 되었다고 하더라도 그것이 온전한 하나의 문학으로 정립되기 위해서는 무언가 부족한 감이 없지 않다는 것이다. 개인의 불행은 그것이 아무리 극적인 것이라 해도 문학이 되기 위해서는 그 자체의 한계 속에 갇혀 있어서는 곤란하기 때문이다. 보편이나 정서적 공감대가 없는 개인적 체험이란 자기 고립주의라는 미망을 벗어날 수가 없다.

권분자 시인의 작품 속에는 앞서 살펴본 대로 개인의 상처가 녹록히 배어 들어가 있다. 그러는 한편으로 그런 상처들은 자기고립의 한계를 딛고 사회의 구석진 곳을 응시하게 만든다. 여기서 시인만의 특수한 개인사가 사회적 공감대를 확대하는 지대를 형성하게 되는데, 실상 시인이 응시하는 사회란 그의 개인사처럼 그렇게 긍정성이 담보되는 공간이 아니다. 이런 인식을 통해서 개인의 상처와 사회의 상처가 만나는 점이지대를 형성한다. 그리고 그곳에서 시인의 서정의 문, 곧 그의 '수다'를 만들어내는 근거가 만들어지게 된다.

앞서 언급한 대로 '수다'는 억압의 자연스러운 해소 과정이다. 상처를 덧나게 하고, 이를 자꾸 환기하는 방법 역시 억압을 무화시키는 좋은 기제가 될 것이다. 어떻든 상처에서 얻은 억압은 무엇인가 계속 출구를 찾아 배출되어야만 하는 것이다. 그래야만 삶의 건강성이 확보되고, 궁극적으로는 자아의 이상, 혹은 유토피아가 실현될 수 있을 것이다.

　　　감출수록 더 붉은 상처가
　　　안 보이는 그곳에 있다

　　　입에 물려 말이 되지 못하는
　　　그녀의 목소리, 수화가 되던 날
　　　내게 건네는 자줏빛
　　　물컹한 혹 주머니에는
　　　상처의 씨앗이 꼭꼭 숨겨졌다

서툰 바람이 건드리고 지나갈까 봐
또 그럴까 봐

펼친 손바닥 같은 잎으로
끝내 꽃이 되지 못한
비밀을 숨겨주고 있다

— 「무화과」 전문

『수다의 정석』에서 인용시만큼 시인의 내적 상태를 잘
표현해준 시도 없을 것이다. 무화과의 내포적 의미는 감
춤에 있고, 은폐에 있다. 시인은 무화과의 그런 함의를 자
신의 상처로 인유하면서 상처를 덧나게 한다. 상처란 감
출수록 더 붉은 상처를 내면서 꼭꼭 숨어버리기 때문이
다. 그런데 그렇게 숨어버린 상처는 발산의 통로를 상실
한 채, 다시 말해 "입에 물려 말이 되지 못한"채 안으로만
안으로만 굳어져 간다. 그리하여 결국엔 "씨앗"으로 경화
되어 더욱 커다란 비밀의 성채를 만들어 버린다.

그러한 "씨앗"의 근거가 개인의 상처임은 당연하다. 뿐
만 아니라 그의 시선 속에 잡힌 사회적 상처 또한 이곳에
포함된다. 그의 시선에 들어오는 사회는 건강한 것이 아
니기 때문이다. "황금에 눈 뒤집혀 이웃도 모르고/부모도
몰라보는 거꾸로 된 세상"(「불쌍한 불상」)이거나 "박제된
도시, 혹은 신음 소리 가득한"(「로봇처럼 꿈꾸다」) 비극적
인 생활공간으로 묘파되는 것이다. 개인뿐만 아니라 사회
역시 회복 불가능한 병적인 상태에 놓여 있는 것이다.

시인은 자신의 상처뿐만 아니라 사회의 상처 모두를 무화과처럼 '숨겨진 것'으로 이해한다. 만약 그 숨겨진 상처들이 치유되지 못한다면, 혹은 나아갈 통로를 찾지 못한다면, 그것은 치유 불가능한 종양으로 변질될 것이다.

그런데 그러한 상황을 올바로 인식하고 이를 타개하고자 하는 시인의 노력이 시작되는 지점 또한 여기서 비롯된다. 시인은 꼭꼭 숨어있는 그것을 끌어내기 위해 "눈물 버릴 곳"(「어둠보고서」)을 찾아 나선다. 그리고 그 도정에서 발견한 것이 '수다'라는 말이기였다. '수다'란 내보내기이고 토해내기이다. 곧 발산하는 과정이 바로 '수다'의 수사학이었던 것이다. 시인이 이번 시집의 제목을 '수다의 정석'으로 이름 붙인 것은 이 때문이리라.

시인은 계속 무언가를 말해야 했고, 쏟아내야 했다. 자아의 심연에 켜켜이 가라앉은 억압을 끄집어내기 위해서 말이다. 그것이 자신이 생존할 수 있는 전략이었고 이유였다.

속이 텅 빈 가슴뼈를 뽑아
목 아래 몸통을 찌르니
붉은 물 주르르 흐른다

붉은 볏과, 깃털에서
갈수록 나는 왜 없는 유년을
찾아 헤맬까

가장 오래된 뼛조각을 찾아

순수가 다 사라진
내 얼굴을 찔러 볼까

그곳에 내가 살았던 한때가 있음을
상기된 얼굴로 보여줘 볼까

물렁한 지층에 병아리들을 불러
한바탕 찍는 발자국이
꽃의 유전자임을
붉은 문양으로 남겨볼까

― 「닭벼슬꽃」 전문

　말을 하지 않으면 시인의 억압은 해소될 길이 없기에
계속 말을 건다. 자신의 말을 들어줄 사람이 있건 없건,
그것은 중요한 문제가 되지 않는다. 시인은 무조건 말을,
'수다'를 떨어야 한다.

　그렇기에 이 '수다'의 과정은 열정이 없으면 불가능하
다. 이 과정에 시인은 또 하나의 중요한 상징을 발견한다.
바로 붉은 색의 이미저리imagery이다. 붉은 것이 열정이나
욕망의 문제와 분리될 수 없는 것은 자명한 일인데, 인용
시는 바로 그것이 갖는 함의가 무엇인지 잘 말해주고 있
는 작품이다.

　시인이 닭벼슬에서 찾고자 했던 것은 '유년'과 '순수'의
세계이다. 시인은 "붉은 볏과, 깃털에서/갈수록 나는 왜
없는 유년을/찾아 헤맬까" 반문하거나 "가장 오래된 뼛조
각을 찾아/순수가 다 사라진/내 얼굴을 찔러 볼까"라고 말

하고 있기 때문이다. '유년'과 '순수'란 훼손되지 않은 세계라는 동일성을 갖는다. 시인이 이를 추구한다는 것은 역으로 현실이 그러하지 못하다는 반증이 아닐 수 없다. 뿐만 아니라 그가 그토록 발산하고자 했던 상처라든가 억압의 저편에 놓여 있는 것이기도 하다. 이렇듯 시인의 붉은 것 콤플렉스는 자신의 상처 혹은 사회의 상처와 분리할 수 없을 정도로 밀접하게 나타나는데, 다음의 시는 이를 극명하게 보여주는 대표적인 사례라 할 수 있다.

호적 나이 몇 살 더 올리면서까지 우리 곁을 떠난 미화가 5월 담벼락에 돌아왔다. 코쟁이 서양남자가 사 입힌 초록 원피스를 입고 어린 소녀 미화가 왔다. 우리가 알지 못하는 나라 어느 골목을 미궁처럼 떠돌다가 온 것이다. 그녀가 들려주는 이야기에는 여러 가지 에피소드와 난무하는 추측 야생의 마법에 걸렸을 미화는 우리가 캐묻는 진실이 불편할 뿐, 과감한 그녀 행동의 붉은 의지는 번번이 나를 시들지 않게 했다

— 「장미 1」 전문

이 작품은 장미 연작시 가운데 첫 번째에 놓이는 것인데, 장미로 의인화된 '미화'의 과감한 행동과 '붉은 의지'가 "번번이 나를 시들지 않게 했다"라고 고백한다. 문자 그대로 장미와 서정적 자아는 긴밀한 친연성을 갖고 오버랩되고 있는 것이다. 시인은 정서적 고양만 이룰 수 있다면, "입 다물고 지나는 사람들에게 미소 대신 붉은 립스틱 덧바를"(「장미2」) 정도로 붉은색을 여과 없이 받아들일 수

있는 개방적 자세를 취하고 있다.

　그러나 시인의 이런 애타는 시적 장치에도 불구하고 불온한 현실이 쉽게 치유되거나 동일화되지 않는다. 그렇기에 시인은 계속 '수다'라는 시적 전략에 의존할 수밖에 없는데, 그 매개에 놓인 것이 붉은색 콤플렉스였다. 시인이 붉은색이라는 그네를 타고 이곳저곳을 탐험하고 계속 '수다'의 전력을 펼치는 것은 이 때문이라 할 수 있다. 이 전략이 지향하는 목적이 억압의 해소과정이었음은 앞서 지적한 바 있거니와 실제로 그 수단이랄까 도구들은 매우 다양한 형태들로 제시된다. 어떤 사람들은 이를 두고 시세계의 산만함이라든가 전략적 이미지의 부재를 지적할 수도 있을 것이다. 그러나 이 시인이 펼쳐 보이고 있는 '수다'의 의장을 제대로 들여다보게 되면, 이러한 과정은 오히려 지극히 자연스러운 것이라는 데에 동의할 것이다.

　　코끼리 한 쌍, 부엉이 한 쌍, 2달러짜리 지폐 한 장, 노호혼 인형 등등

　　이십여 개가 넘는 나무, 플라스틱, 천, 쇠로 몸을 부여받은 신들의 형상을 거실 장식장에 모셔둔다

　　사찰계, 무속계, 천상계, 마음계, 일터계
　　나를 믿지 않는 사람들은 그들을 미신이라 부르고

　　복현동, 산격동 일대 후미진 골목을 쏘다니다가

발목 불안해진 나는, 비만의 몸이어도
영양실조로 무너지는 잇몸을 두고
각 나라마다 뒤섞인 수많은 종의 신물들에게
기도가 모자라서 그런 것이라고 믿고 싶어졌다

가끔 장식장 문을 열고 나온 하릴없는 신들은
내 몸 곳곳에 와 스르르 붙는 게 느껴진 뒤
맹목의 삶이 슬픔에 닿아있다는 걸 알았다
순간 즐겁게 사는 비법을 찾아 또 어느 낯선 나라의 신앙
을 찾아
떠나볼까 하는 고민이 깊어졌다

새로 만난 신앙의 삶속에 맛있게 스미기 위해
마음은 벌써 까딱까딱 천상계 어디쯤을 헤맨다
                                    ─「공허」 전문

　이 작품은 몇 가지 층위에서 독자로 하여금 재미있는
상상력을 불러일으키게 한다. 하나는 공허가 주는 의미이
고, 다른 하나는 작품 속에 다양한 모습으로 등장하는 샤
머니즘의 양상들일 것이다. '수다'를 편 결과가 공허의 감
수성이었다는 사실도 우습거니와 합리주의가 지배하는
이 시대에 이런 샤머니즘이 그 나름의 정합성을 갖고 있
다고 믿는 소신도 우습기는 마찬가지이다. 그런데 중요한
것은 이 작품이 시인이 하고 있는 수다의 방법과 분리하
기 어렵게 얽혀 있다는 점일 것이다.
　'수다'라는 그물에 접힌 샤머니즘은 어느 하나의 대상

에 머물지 않는다. 아니 오히려 많으면 많을수록 그 정합
성은 더욱 담보된다고 할 수 있다. 그럼에도 그 하나하나
의 샤머니즘이 시인에게 어떤 정서적 공감대를 주거나 일
체감을 주지는 못한다. 그런데 이 또한 매우 당연한 결과
이다. 그것이야말로 '수다'라는 장치에 정확하게 부합되기
때문이다. 뿐만 아니라 그 많은 샤머니즘에도 불구하고
시인은 또 하나의 해법을 찾아나서는, 새로운 샤머니즘
앞에 서지 않으면 안 되기 때문이다. "순간 즐겁게 사는
비법을 찾아 또 어느 낯선 나라의 신앙을 찾아/떠나볼까
하는 고민이 깊어"지는 것이 바로 그 본보기이다.

낯선 신을 향한 이런 순례가 의도하는 것은 단 한가지
이다. "새로 만난 신앙의 삶속에 맛있게 스미기 위해서"
이다. 정신적 방황과 억압의 해소를 위한 도정, 그것이
천상계 어느메쯤 있을까 하는 도정은 이 전략에서 나온
것이다.

산 능선 위 노을이 그은 밑줄에는
황혼의 여자가 누워
영문도 모른 채 백발을 날린다
저녁 식사 준비되었다 해도
떠먹여 줄 바람을 기다리는 여자에게
오늘은 달맞이꽃, 도깨비바늘, 박주가리
박박 문질러서 죽을 끓인다
마지막으로 바람까지 분질러 넣으면
뽀글뽀글 어둠 너머로 끓는 죽
몰려온 방향도 모르는 허기는

늘 어둠 쪽에 앉아 입을 벌린다
입술 허옇게 마구 떠 넣으면
느슨해졌던 심장도 펄떡거린다
엷은 혀끝이 잘 차린 붉고 비리고 아픈 맛에
오래 길들여졌다가
위태롭게 붉은 밑줄로 더듬는 기억에서
한 시절이 내 속으로 들어왔다가
예고 없이 빠져나간 사랑의 맛을
백발 여자 떠올리는 것은 아닐지
시큼 씁쓸 텁텁에 닿은 혀가
일렁이듯 미동하는 저녁이다

         - 「겨울억새」 전문

 순수의 전형이라든가 잃어버린 고향 혹은 우주의 이법
이나 섭리를 이야기할 때, 자연만큼 좋은 대상도 없을 것
이다. 아니 오직 자연뿐이라는 말이 정확할지도 모르겠다.
근대라는 파편화된 현실 속에서 시인들이 늘 찾았고, 서
정화했던 것이 자연이었다는 사실을 감안하면, 그것이 주
는 의미화라든가 가치는 아무리 강조해도 지나치지 않을
것이다. 이렇게 모범적인 자연을 정서화하는 데 있어 흔
히 두 가지 경로가 있어 왔는데, 하나가 미메시스의 의장
이었다면, 다른 하나는 크리티브의 의장, 곧 창조의 과정
이었다. 전자를 대표하는 것이 정지용을 비롯한, 박두진,
조지훈의 경우였다면, 후자를 대표하는 것이 목월의 경우
였다. 목월의 지언시가 주는 감흥은 무엇보다 단순한 모
방으로서의 자연이 아니라 창조적 자연이었다는 사실이

다. 그는 이런 가공의 자연 속에서 유토피아의 탐색이라는, 새로운 시적 전략을 모범적으로 보여준 시인이다.

「겨울억새」를 꼼꼼히 읽어보면, 이 작품 속에 구현된 자연이 창조된 것도, 또 모방한 것도 아님을 알게 된다. 굳이 귀속시킨다면 전자의 속성과 근접한 경우라고 할 수 있을 것이다. "달맞이 꽃, 도깨비바늘, 박주가리 박박 문질러서 죽을 끓인" 식사는 없는 것이기 때문이다. 어떻든 이렇게 만든 음식이 어떤 맛을 느끼게 하고, 또 허기를 메울 만큼의 기능성을 갖고 있는지의 여부는 중요하지가 않다. 중요한 것은 그것이 자연의 일부이고, 이와 동일화될 때, 서정적 자아의 "느슨해졌던 심장이 펄떡거린다"는 사실의 감각이다. 자연에 기대서, 자연과 함께할 때, 정서적 활기를 느낄 수 있다는 것이야말로 근대인이 필요로 하는 자연의 구경이기 때문이다. 그리고 그것이 이 시가 의도하는 근본일 것이다.

억압을 해소하고 이를 밖으로 유도하는 시인의 시적 전략은 이외에도 다양한 형태로 제시된다. 유년의 행복했던 그림을 중첩하는가 하면(「복현동 달빛」), 고인돌과 같은 고고학적 상상력이 동원하기도 한다(「고인돌」). 뿐만 아니라 "늙음과 만성병을 걱정 말라고" 위무해주는 "나무들의 꿋꿋한 모습"(「겨울 단풍나무」)을 환기하기도 하고, 인간의 "순연한 본성"(「허공에 걸린 문들」)에 의탁하기도 한다. 이런 주제들은 하나하나씩 들여다보면 그 각각의 경우마다 결코 가벼운 것들이 아니다. 다른 시인들이 시 속에 구현되는 유토피아의 전략으로 하나쯤 씩 제시할법

한 주제들인데, 시인은 그런 무게감에 아랑곳하지 않고 이를 거침없이 자신의 시의 주제로 만들고 있는 것이다. 그러나 이런 제시가 전연 낯설게 다가오지 않는데, 이는 이번 시집의 전략적 장치인 '수다'와 무관하지 않다는 점에서 그러하다. 부챗살처럼 다양하게 펼쳐져 있는 그러한 주제들이 그의 '수다' 전력과 맞물려 있는 까닭이다.

치매에 다친 옆집 할머니가
어렵고 힘든 낯선 번호
비밀번호로 무장한 우리집 출입문을
스르르 열어버렸다

쩡쩡한 겨울은 결코 낭떠러지가 아니다

허공이거나 절벽의 입구에
어떤 견고한 장치를 마련해 둔다고 해도
그리움이 깊으면 열릴 수 있다는 것

그날 이후 문은 그냥 바람막이라는
가설은 세워졌다
파삭한 마른 잎 같던 어머니를 보겠다고
치매의 옆집 할머니가
바람처럼 구르면서 뭐라고 암호를 남겨놓았다는데
어머니와 나는 아직 그걸 읽지 못한다

부서신 문짝과 망가진 시건장치들
수북하게 모아둔

치매 할머니의 집 206호는
문이 어떤 추락도 가로막지 못한다는

가설입증의 생생한 현장이다
— 「허공에 걸린 문들」 전문

　그러나 억압을 해소하고 새로운 이상향을 찾아나가는
'수다'의 전략에서, 시인은 어쩌면 인용시를 가장 앞에 놓
고 싶었던 것은 아닐까 한다. 이유는 다음과 같다. 우선,
시인은 자신과 어머니, 혹은 세상과의 소통을 차단하는
장치로 설정해 놓은 것이 '문'의 이미지였다. 소통이 부재
할 때, 오해가 쌓이고, 고립이 형성되며, 궁극적으로는 억
압과 같은 병리적인 현상이 만들어진다. 이를 타개해나가
기 위해서 시인이 펼친 전략이 '수다'였다. '수다'는 시인
에게 말하기의 한 방법이었고, 세상으로 나아가는 통로였
고, 또 억압 너머에 존재하는 어떤 이상화된 모델을 찾는
과정이었다. 그것이 자연이었고, 유년이었으며, 고인돌의
세계, 혹은 샤머니즘의 이상 등등이었다.

　그러나 "허공이거나 절벽의 입구"에 "어떤 견고한 장치
를 마련해 둔다고 해도/그리움이 깊으면 열릴 수 있다는
것"을 안다는 '수다'만큼 진솔한 말하기도 없을 것이다. 그
진솔성이 바로 그리움의 정서이다. 그리움이란 모든 간극
과 장애를 하나로 연결시키는 최고 정서 가운데 하나이
다. 그렇기에 그리움만 있다면, "문은 그냥 바람막이이라
는 가설"일 수밖에 없지 않겠는가 하는 명제에 도달할 수

있는 것이 아닌가. 따라서 그리움의 정서야말로 「수다의
정석」이 말하고자 하는 최고의 주제라고 감히 말하고 싶
은 것이다.